액체사회

동인시 **14**

# 액체사회

인쇄 · 2022년 11월 20일 | 발행 · 2022년 11월 28일

엮은이 · 변방동인
펴낸이 · 한봉숙
펴낸곳 · 푸른사상사

주간 · 맹문재 | 편집 · 지순이 | 교정 · 김수란, 노현정
등록 · 1999년 7월 8일 제2-2876호
주소 · 경기도 파주시 회동길 337-16(서패동 470-6)
대표전화 · 031) 955-9111(2) | 팩시밀리 · 031) 955-9114
이메일 · prun21c@hanmail.net
홈페이지 · http://www.prun21c.com

ISBN 979-11-308-1973-0   03810
값 10,000원

- 이 책은 2022년 울산광역시 시비 보조금을 지원받아 출간되었습니다.

변방 37집

# 액체사회

변방동인 엮음

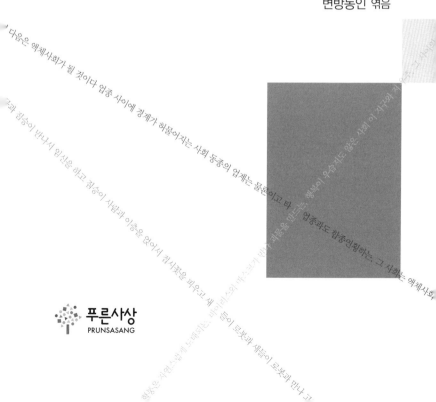

푸른사상
PRUNSASANG

　발 빠르게 진화해가는 현실에서 시가 할 수 있는 역할이 과연 어디까지인가 하는 의문이 든다. 전기자동차의 자율주행으로 이제는 자동차(車)가 아니라 새로운 이름이 붙여져야 할 것 같다. 가전제품 사듯 가까운 대리점에서 구매할 날이 도래할 것이다. 그것에 비유할 것은 아니지만 시가 인간의 마음을 움직이는 날이 얼마나 남았을까 하는 생각은 변방동인들만의 생각일까?

　문학작품이 상처를 치유할 기능이 없어진다면, 독자가 느끼는 감정이 사라지는 시기가 온다면, 자율주행에 몸을 의지한 채 달리는 모습과 무엇이 다르겠는가. 그런 날이면 감성을 자극하는 문학작품의 존재는 점차 퇴색해지리라.

　코로나로 인해 서로의 거리를 두고 지내온 고통 받는 시간이 길어서일까, 문학적인 교류도 주춤해지고 서점에 갈 일도 더욱 줄어든 현실이다. 그나마 올해도 동인지가 발간되어 독자들과 교류를 할 수 있어서 감사하다. 변방의 마음을 엮어서 편지 쓰듯 가을날을 즐기고 싶다.

2022년 11월
변방동인 두손

| 차례 |

■ 책머리에  5

박종해  꿈길                          13
       그리운 병                      14
       꽃 속에 바람 속에               15
       산정을 보며                    16
       팽이의 생애                    17
       고해를 건너가는 다리            18


신춘희  정당                          21
       술렁술렁 넘어서 가자            22
       노년의 실업                    24
       8                             26
       이야기                         27
       신문에서 읽었다                 28
       시인을 위한 발라드              30


강세화  겨울 소나무                   33
       몽돌해변                       34
       별                            35
       아귀찜                         36
       애기동백                       37
       슬도                          38
       흔들림에 대하여                 40

문 영　　물바람의 말　　　　　　　　　　45

상사화를 위한 변명　　　　　　　46

불륜　　　　　　　　　　　　　　48

봉황대야, 비가 온다　　　　　　　49

선착장을 내려다본 풍경　　　　　50

가을 백신　　　　　　　　　　　51

홍매화가 밥을 구걸하는 까닭은　　52


임 윤　　공허한 방　　　　　　　　　　　55

성산에 가면　　　　　　　　　　56

추락하는 저녁　　　　　　　　　57

바닷길 족적　　　　　　　　　　58

무게에 대하여　　　　　　　　　60

지워진 길　　　　　　　　　　　62


장상관　영천 아작골 어느 노인의 넋두리　67

가방 혹은 나방과 다방　　　　　68

나무의 기억　　　　　　　　　　69

돌층계에 대한 예의　　　　　　　70

통도사　　　　　　　　　　　　71

스미다　　　　　　　　　　　　72

비의 침술　　　　　　　　　　　73

| | | |
|---|---|---:|
| **황지형** | 앞잡이속(屬)을 본다 | 77 |
| | Unscented | 78 |
| | 내일 들어가겠다고 하는 채집망 | 80 |
| | 백색 세균 | 82 |
| | 홍당무 | 84 |
| | 끝마디 통통한 사과의 불확정성 | 86 |
| | 신(新)만파식적 | 87 |
| | | |
| **이강하** | 사과가 자라는 동안 | 93 |
| | 빗방울 | 94 |
| | 오래된 나무 이야기 3 | 95 |
| | 오래된 나무 이야기 4 | 96 |
| | 고택에서 배롱나무를 읽다 | 97 |
| | 해바라기 저수지 | 98 |
| | | |
| **박정옥** | 산타페 가는 길 | 101 |
| | 모두의 시작 | 104 |
| | 날씨는 당연히 객관적이지 말입니다 | 106 |
| | 해변에서 만난 표정 | 108 |

강현숙  아, 배롱나무에서 여름꽃 핀다고 말하자       113

눈먼 돌                              114

코페르니쿠스적 전환                   116

사각지대                            118

완벽한 여름                          120

붉은 열매                            121

낯설고 기묘한 이곳                    122


■ 변방 연혁   123

■ 시인들 소개   126

박종해

꿈길

그리운 병

꽃 속에 바람 속에

산정을 보며

팽이의 생애

고해를 건너가는 다리

# 꿈길

나를 두고 떠난 사람들이
나의 잠 속으로 들어와 산다.
생시와도 똑같이.
그러나 말이 없다.

그림자처럼 잠시 머물다 가는 사람들
가족, 친지, 친구 그리고……,
실오리처럼 인연을 맺다가
실실이 풀어져 가버린 사람들

나는 잠들기 전에 그들이 돌아와
나의 잠 속으로 들어와 살기를 기도한다.
그래서 나는 밤마다 느슨하게
꿈길을 열어놓는다.

# 그리운 병

까닭 없이 나는 자꾸만 아프다.

한 번 피었다 지는 구름
그 구름이 다시 돌아오지 않는다고 그러는 것이 아니다.
한 번 바다로 흘러가버린 강물
그 강물이 다시 돌아오지 않는다고 그러는 것이 아니다.
겨우내 모진 칼바람에도 뜰을 지키다 떠나버린 산다화
그 산다화가 다시 돌아오지 않는다고
그러는 것이 아니다.

개나리 진달래 영산홍이 돌아오고
거리마다 벚꽃이 화사하게 웃으며
모두 나에게로 걸어오고
눈부신 햇살이 나의 온몸에 스며들 때
"이걸 어쩌나, 이걸 어쩌나"
누군가 콧소리로 나의 오감을 설레게 한다.
그래서, 나는 까닭 없이 자꾸만 아프다.

이제, 이 어지러운 땅에도 봄이 왔나 보다.

# 꽃 속에 바람 속에

너희들은 어디로 바람을 몰아가는가
바람이 산에 들면 산바람이 된다.
바람이 강에 들면 강바람이 된다.
윤슬의 바다에 폭풍이 덮쳐
거센 파도를 일으키며 우우 소리치며 몰려온다.
거리와 거리를 누비며
매서운 칼바람이 막강하게 설칠 때
어린 생명들은 움츠리며 파랗게 질려 있다.

그러나, 조만간
풀꽃 같은 생명들도 모두 일어서서 손뼉 치며 춤추는
꽃바람이 불어오리라.
꽃향기 실은 산바람 강바람이
응어리진 우리네 가슴을 실실이 풀어주리라.
나는 눈 속에서도 꽃맹아리가 움트는 소리를 들으며
향긋한 꽃바람이 불어오는 쪽으로 걸어가고 있다.

# 산정을 보며

내가 흐트러지거나 풀어져 있을 때
나는 산자락이 끝나는 계곡의 바위등에 앉아
그 장엄하게 우뚝 솟은 산의 이마를 본다.

좀처럼 모습을 보여주지 않는 근엄한 거인
이목구비를 면사포의 구름으로 가리우고
나를 한낱 티끌처럼 내려다보고 있다.

오늘은 참으로 운이 좋은가 보다
구름이 옷을 거두고 그 거인의 이목구비를
눈부신 햇살로 투영하여
내가 또렷이 볼 수 있게 하다니.

나는 나도 모르게 꿇어앉아
"아버지" 하고 목청이 다하도록 불러보았다.
"못난놈" 어디선가 웅혼한 음성이 들리는가 싶더니
그 거대한 위인은 구름 속에 모습을 감추고 말았다.
참으로 위대한 사람은
제 모습을 감추고 사는 사람임을
이 황혼녘에
풀잎 위의 이슬 같은 내가 깨닫게 될 줄은.

# 팽이의 생애

실패는 마지막 내 생의 보루였다.
더 잃을 것도 없기 때문이다.
무너지는 것은 아름다운 것이다.
더 넘어질 것도 없기 때문이다.
좌절하고 또 좌절하고
밤잠을 설치면서 괴로워하고
무너져서 주저앉아 일어서려고 안간힘 쓰는 것이다.
그 쓰라린 비애를 맛본 사람만이
아름다운 생의 쾌감을 아는 것이다.
넘어지면 다시 바로 세워 채찍질하고
또 넘어지면 다시 바로 세워 채찍으로 내려치고
이렇게 완성되는 한 생애
이제는 더 넘어질 것도 더 잃어버릴 것도 없는
나의 등 뒤에는 푸른 강물만 세월처럼 흘러갈 뿐
나는 지금 미완의 길에 서 있다.
꼿꼿하게 서 있는 법을 깨닫고 있다.
누구의 채찍도 바라지 않고
그냥 꼿꼿이 서 있는 법을 깨닫고 있다.

# 고해를 건너가는 다리

사람들은 무리지어 출렁다리를 건너가고 있다. 어떤 사람들은 두려워하며 다리가 끊어질세라 조심조심 건너는데 어떤 사람들은 불한당같이 발을 구르며 출렁다리를 더욱 출렁이게 한다. 그럴 때마다 겁이 많은 사람들은 겁에 질려 엉거주춤 멈춰서 떨기도 하고 기분이 좋은 사람들은 소리 지르며 즐거워한다. 출렁다리는 제각기 다른 삶을 무등 태우며 출렁거려야 이름을 얻는 것처럼 출렁거린다. 다리 아래는 악어가 이빨을 한껏 드러내고 꼬리를 마구 흔들어 대듯이 성난 파도가 으르렁거리고 있다. 고통의 바다—인생은 고해를 건너가는 도정이다. 출렁다리는 고해 위에 하늘에 잇닿아 있다. 출렁다리가 끝나는 저 언덕은 하늘과 맞물려 있어서 다리를 건너는 사람들은 하늘 속으로 들어간다.

이쪽과 저쪽, 이승과 저승사이에 출렁다리가 출렁이고 있다.

나는 출렁다리 입구에서 사람들의 뒷모습을 보고 있다.

나는 할 일이 많이 남아 있기 때문에 사람들이 어떻게 저 고해의 다리를 건너가고 있는가 바라만 보고 있다.

하염없이, 나를 떠난 사람들을 생각하고 있는 것이다.

정당

술렁술렁 넘어서 가자

노년의 실업

8

이야기

신문에서 읽었다

시인을 위한 발라드

# 정당

민주당은 민주가 없고 국민의힘은 국민이 없고 정의당
은 정의가 없다

내용은 없고 포장만 정당이다

수명 다한 재래식 병기 같은 입으로

툭하면 국민만 보고 국민을 섬기겠다며

국민에게 거짓말을 한다

즈이들끼리는 소 개 닭 잡듯이 하면서

여의도 법치의 전당을 도축장으로 쓰고 있다

인간에게 코가 있다는 것이 슬프기만 한 대한민국

국가 지도층 머릿속에 국가가 없다

그러니 소시민이여, 정당을 없애자

# 슬렁슬렁 넘어서 가자

네 눈에 고깝다고 너무 지적질하지 말아라

똑 부러진 정답이 세상에 있기나 하더냐

그리고 정답만 있으면 그게 무슨 재미냐

너는 너대로 나는 나대로 그냥저냥 하고 싶은 일 하면서
살자

손에 쥐는 것 없으면 어때, 시간의 등에 업혀서 가보는
거지

그래도 계절의 기미는 느끼며 살자

우리네 몸도 가을이면 홍시로 익듯이

금빛의 들녘을 흔드는 바람결처럼

흥분에 몸을 맡기고 슬렁슬렁 이순을 넘어서 가보자

라디오를 관통하는 유행가에 울컥하면

사랑아, 너를 와락 껴안고 나 눈물 콸콸 쏟아도 좋으랴

오늘은 정말 미치겠다, 안동국시 생각이 나서

# 노년의 실업

저녁이 될 때까지 걷고 또 걸었다

가등(街燈)이 목련꽃으로 봉곳이 피어날 때까지

보도블록이 대낮같이 환해지는 밤을 거부할 때까지

걸었다, 그러나 더 이상 갈 데가 없었다

시장통 모퉁이의 순대국밥 집을 지나서

떡볶이와 라면을 파는 분식집을 지나자

두 발의 그림자가 더 이상 따라다닐 수 없다고

당신이 지긋지긋하다고 사보타지하면서 주저앉았다

청맹과니같이 어리숙한 사랑아,

이 도시 어디쯤에서 나를 쉬게 할 수 있을까

내 공복에게 따끈한 국밥 한 끼 배부르게 사 먹일 수 있
을까

길가의 토끼풀 뜯어서 전을 부쳐 먹고 싶을 정도로

노년의 실업은 무섭다

푸르른 초가을, 심지공원 나무 벤치에 앉았다가

이제 막 처서(處暑)를 따라 나서는 귀뚜리 울음소리

그 끝에서, 나는 하염없고, 정처 없다

# 8

요즘 들어 8이란 숫자에 푸욱 빠졌다

팔, 팔팔, 팔팔팔, 팔팔팔팔, 팔팔팔팔팔

호명할수록 살아 꿈틀거리는 것 같아서

이순은 좌고우면 않고 무작정 앞으로 내달리던

결단 혹은 막무가내의 객기가 은근히 그리워지는 나이

가을의 끝자락에서

생사와 경각에 주눅 든 나에게 생기를 주고 싶어서

8을 입안으로 잡아채듯 불러와

혀끝으로 입안을 헹구듯 팔팔팔 휘몰이 해주면

박하사탕이 입안을 점령하듯 시원해진다

막힌 체중이 뻥뻥뻥 뚫리는 것 같다

# 이야기

우리 동네 늙은 처녀 김후남 할머니가

뒤늦게 시집가던 5월의 구영리 강물은

송사리 떼 등빛을 퉁기듯 서럽게 반짝거렸습니다

강바닥도 가난할수록 바닥이 환하듯

뼈아픔과 간절함에 사무쳐 산 할머니는

구영리 햇살을 마음의 근본으로 애지중지하셨습니다

고향이 지긋지긋해 떠나고도 싶었지만

태화강 물소리가 정신을 움켜잡고

가지 마 가지 마 해서 그냥 눌러앉았다고 합니다

손에 잡히지 않는 세월은 왜 저다지도 눈물겨울까요
첫사랑 할애비와 초례청 앞에서

기어코 처녀로 돌아가 노을을 품었습니다

그날 구영리는 두 눈 꽉 감고 어둠 속에서 뒤척였습니다

# 신문에서 읽었다

정보화사회 다음은 액체사회가 될 것이다

업종 사이에 경계가 허물어지는 사회

동종의 업계는 물론이고 타 업종과도 합종연횡하는,

그 사회는 액체사회

고정된 것이 있을 수 없다

식물과 짐승이 만나서 임신을 하고

짐승이 사람과 이층을 얹어서 접시꽃을 피우고

새들이 로봇과 만나 고양이를 낳는 사회

순결과 혈통은 자연스럽게 도태되는,

바이러스와 마스크가 만나 괴물을 만드는,

행복이 우습지도 않은 사회

이 지구와 저 우주, 그 사이의 것들 사이에서

로봇과 로봇이 만나 사람을 낳을 것이다

이 상상적 허구를 믿어야 하나 말아야 하나

# 시인을 위한 발라드
― 신동익 시인께


신동익 선생이 돌아가셨다 향년 아흔두 살

김 시인과 함께 하늘공원을 찾았다

강굽이같이 휘어진 산길을 휘이 휘이 돌아서

이제 막 단풍이 매무새 고치는 가을 속으로

작별 인사를 하러 갔다

과묵한 영정 앞에서 국화꽃 조문을 하고

죽음의 집인 영안실을 나오다가 불현듯 생각이 났다

산다는 것은 결국은 죽는다는 것인데

무명 시인일망정 주어진 시간은 다 쓰고 가신 것일까

고인을 추억하는 자리에 동석한 큰아들이 말했다

―아버님은 마지막까지 시와 놀다 가셨다고

그 말을 듣는 순간 시인은 천형(天刑)인 것 같아

시인인 나는, 부르르 몸을 떨었다

강세화

겨울 소나무

몽돌해변

별

아귀찜

애기동백

슬도

흔들림에 대하여

# 겨울 소나무

사람은 서로 기대고 살도록 생겨나서
누구든지 기대지 않으면 못 견디는 법이다.


오면 가면 눈길이 가는 상대를 만나면
모르는 사이에 홀린 듯이 빠져들기도 하는 것이다.


지금은 마음 편히 다가갈 데가 안 보이고
살갑게 반기는 인정조차 얼어버린 계절이 되었다.


떳떳이 다정한 눈치도 보이지 못하겠고
염치가 빤해서 선선히 말도 붙이지 못하겠고


어쩌자고 동해 바닷가
홀로 우뚝한 바위를 차지하고 허리가 굽었는지


대책 없는 고집 때문에 사철 막막한 소나무는
속이야 어떤지 몰라도 하릴없이 추위를 껴안고 있다.

# 몽돌해변

날이 새는 낌새의 여운이 채 가시기 전에
마음에 두고 바라만 보던 물소리의 옆자리를 찾아왔다.
가슴 찡한 사연이나 아프게 겪은 사랑이나
구태여 드러내려고 하지 않아도 된다.
햇볕에 안 마르는 눈물처럼 반들거리는 돌들이
자주 놀라고 살아온 날의 눈빛처럼 반짝이고 있다.
수긍하지 못하는 거리의 간격을 탓하지 않고
말갛게 젖은 표정을 바라보면서
서두르지 않는 속내를 알 만하여
오래된 이야기를 털어놓아도 되겠다.
가슴에 철썩철썩 치닫는 파도가
무슨 생각을 하고 있었는지 뒤를 캐지 않고
마침내 듣는 청량한 곁에 붙어 앉아
우리 사이를 스치고 빠져나가는 물소리를 들으며
서로 품고 있던 외로움을 덜어주고
철없이 우쭐대는 약은 생각을 하지는 않을 것이다.
찰랑찰랑 바라보는 수평선 너머로
자박거리는 발자국이 친근한 기척을 내고 있다.

# 별

초록 꽃대 오종종히 부추꽃 피듯
땅거미 내리고 별이 총총 돋아난다.
그 사람은 어디쯤서 저 별 보고 있을지
아득하게 늙어 있을 이름을 불러본다.
찌르르 전해지는 그리움은 길어도
속내가 복잡한 떠돌이 생애에
우리 사이에 생긴 거리를 손가락으로 가리키고
한곳을 바라보는 장면이 무심하지 않다.
자신만만하던 젊은 날의 별명을
높고 깊은 밭고랑에 심어두고
세월의 무게를 가늠하는 이 시간
언제쯤 묻어놓은 말을 꺼내도 되는지
오래전에 점 찍어둔 표적 같은 것이 눈뜨고 있다.

# 아귀찜

흐린 날 해거름에 매운맛이 생각난다.
바다 가까운 골목 안쪽에 얹혀 지내던 시절
거기서 길들인 입맛이 군침을 돋우는
순백의 속살을 기억하는 것이다.
객지 생활 한동안 몸을 맡겼던 여염집
거칠게 생긴 아귀를 다듬는 중년 여자의 수다를
귓등으로 듣고 지냈던 한 철이 있었다.
입 큰 생선보다도 입심이 앞서고
때때로 종잡을 수 없는 변덕도 매력이었는데
내게도 언제 그런 취향이 생겼는지
파도치는 목청에 배어 있는 비릿한 느낌도 좋았다.
그렇게 생겨난 내력이 고개 들고
한때 의탁했던 지붕 낮은 집을 떠올리면서
희미하게 남아 있는 가슴의 불씨와
세월을 건너뛰는 추억을 이끌고
시류를 따라 골목을 넓히고 들어앉은 문을 밀면
반색하는 목소리와 인정 깊은 사투리가
바다를 찜해서 차려내는 맛깔이 살아 있다.

# 애기동백

가을인 듯 겨울인 듯 입동 날 아침에
멀리서도 알아보는 낯설지 않은 기미처럼 꽃이 피었다.
누군가는 또 대놓고 질책할지 모르지만
꽃이 피는 것은
차마 말로는 털어놓지 못하는 몸살기 같은 것을
마음먹고 풀어놓는 것이다.
얼핏 들은 말 한마디 일생을 따라붙어
말씨는 서툴고 흔적을 남기는 것은 여전히 두렵다.
무언지 느낌이 올 때마다 시시때때로 상처 받으며
세상살이가 뜻대로만 되지 않는다는 사실을
문득문득 알아간다.
살다가 어느 때쯤 마음 약한 애기동백처럼
누군가는 호의적으로 바라볼지라도
나는 어떻게 그 시선을 감당할 수 있을지
좋은 생각만 하고 아름다운 꿈을 꾸어도
삶이란 누구에게는 허무한 구호에 불과하지 않을는지.
절망하지 않으려고 애쓰는 모양은 안쓰럽지만
꽃 피고 꽃 지는 속삭임을 들어주어야 할 때가 되었다.

# 슬도

플라톤이 알고 있던 전설의 섬 아틀란티스와
우리 남쪽 바다에는 이어도가 있고
내 가슴 한쪽 끝에도 그런 섬 하나 있다.
구멍 숭숭 뚫린 바위에 바람 새는 소리가 걸려 있는
그 섬을 찾아 나섰다.
이름은 무색하고 지름길은 없었다.
흔들리는 버스를 타고 먼 길을 걸어서
반기고 기다리지도 않는 발걸음을 따라서
맘대로 일상을 떠나는 기분에 빠졌다.
파도는 밤중같이 길게 누워 있고
호기심을 둘러쓴 채로
휘파람 소리를 따라 내면서
미처 가까워지기도 전에 바다를 깊이 들여다보았다.
어디서 올지 모르는 간절한 소식을
기다리는 동안을 때우려고 연신 발을 구르고
기다리는 시간에 잠시라도 짬을 줄이려고
부득부득 걸었다.
인적을 찾아서 길을 따라 기웃거리고
외로운 기색을 애써 감추고
큰길가에 열려 있는 밥집에서

외로이 허기를 달랜 적도 있었다.

줄 서서 피어 있는 노란 꽃을 힐끗거리며

겨우 아무렇지 않은 데까지 도달했다.

달갑게 듣는 이 없어도

흥감스럽게 콧노래가 나오고

스스럽지 않게 외딴섬 길을 돌아볼 수 있게 되었다.

저문 바다가 들썩대는 밤에는

슬쩍슬쩍 화음에 끼어드는 여유도 생겼다.

간간이 물결치는 소리도 알아들을 수 있게 되었다.

# 흔들림에 대하여

흔들리는 것은
흔들리다가 결국엔 쓰러지기 마련이라고
아무나 쉽게 말하지만
설악산 가는 길목을 지키는 흔들바위는
사람 하나 힘에도 흔들흔들하고
여럿이 떠밀어도 고만치 밀리고 굴러떨어지지 않으니
흔들리는 것은
속으로 깊이 간직한 심지가 있었나 보다.
세상에 흔들리지 않는 것이 있을까마는
고층 아파트로 이사한 지인이
태풍이 지나간 다음 날
질린 얼굴로 와서 한다는 말이
아파트가 흔들리는 바람에 밤새 떨고 지샜다고
처음 당하는 일이 무서웠던 생각을 털어놓고
연신 머리를 저었다.
그랬구나.
하늘 높이 치솟아 꿈쩍 않는 집채라도
세상을 흔드는 바람을 만나면 알아서 흔들리는구나.
충격을 견디다가 부러지기 전에
흔들흔들 중심을 잡고 버티는구나.
이른 겨울 아침에 애기동백 꽃잎을 살피며

마음이 약해질 때마다 애써 흔들리지 않으려고
죽을힘으로 버티다가 무너지는 모양을
심심치 않게 목격하기도 하지만
눈치 없이 여기저기 끼어들어 잘난 체하고
어디서나 무엇 하나 내세울 것도 없이
매양 허술하고 부족하여 세상에 대들어보지도 못하고
공연히 휘청거리는 마음에도
흔들릴 때마다 다잡아주는 줏대는 있을 것이다.

문 영

물바람의 말

상사화를 위한 변명

불륜

봉황대야, 비가 온다

선착장을 내려다본 풍경

가을 백신

홍매화가 밥을 구걸하는 까닭은

# 물바람의 말

내 눈은 말의 파문을
내 가슴은 말의 고요를

내 손은 말의 맥박을
내 몸은 말의 심장을

흔들리는 말의 찌
욕망의 미끼,
헛꿈의 미늘로

말의 침묵에 구멍을 내고
침묵의 말에 숨을 쉬면서

시는 물바람의 말을 쓴다

# 상사화를 위한 변명

삶이
살아지는 유령이라면

꽃이 필 때
너는 죽고
나는 살고

꽃잎이 질 때
너는 살고
나는 죽고

죽음이
사라지는 유령이라면

너와 나,

만남 없는 만남으로
피고 지는

이별 없는 이별로

가고 오는


아침과 저녁처럼

숱한 변명처럼

# 불륜

풀에 대해 말 못 하겠어요
풀에 대해 말하려면
컴퓨터와 엉겨 붙은 사람을 말해야 하니까요

풀잎에 대해 말 못 하겠어요
풀잎에 대해 말하려면
애인을 앞에 두고 폰과 연애하는 사람을 말해야 하니
까요

# 봉황대야, 비가 온다

비가 온다
봉황대 왕릉, 나무에
빗소리를 따라 비가 온다

따뜻한 거처가 있다면
죽은 이가 산 이를 먹여 살리는 곳

비가 온다
봉황대 무덤, 풀잎에
바람 소리를 따라 비가 온다

돌아갈 거처가 있다면
죽음이 삶을 먹여 살리는 곳

천년의 비는 천년의 바람 따라
오늘의 비는 오늘의 바람 따라

비가 온다
봉황 없는 봉황대에
지금 영원의 순간 따라 비가 온다
지금 순간의 걸음 따라 비가 온다

# 선착장을 내려다본 풍경

— 이중섭, 1953년, 종이에 유채, 40.9×28.2cm

보는 슬픔이 많아서
보고픈 눈빛이 많아서

민둥산 황톳빛처럼
떠가는 섬그늘처럼
하얀 돛단배처럼

통영 포구 선착장같이
흘러가는 유령같이
헐벗은 나무 틈 사이
어리고 어린, 푸른 바다같이

슬픔이 마음을 찔러서
마음이 눈빛을 그려서

# 가을 백신

가을처럼 누워서
색종이 주렁주렁 단 이불을 덮고
하얀 그림자를 따라가다 보면
살아온 날이 하, 타는 낙엽으로
물끄러미 쓰러져 바라보네

코로나 시대에 맞는 몸살이여
홀로 견디는 가여운 육체여

잘못 살아왔다는
뼈저린 후회가 빻아져
슬픔의 백신이 된다면
남은 날을 위해 식은땀 흘리는
생의 그늘을 가을 하, 덮어다오

# 홍매화가 밥을 구걸하는 까닭은

반신불구의 몸을 끌고 온 손님들
땀 흘리며 먹는 밥그릇 가득가득

통도사 축서암 햇볕 공양 잔치
홍매화도 웅성웅성 몰려 왔다네

심심(心·心)으로 살 수 없다고
홍매화는 동냥 손을 내민다네

밥심으로 탁발의 생이 나무에
부처의 눈과 입을 열어준다네

공허한 방

성산에 가면

추락하는 저녁

바닷길 족적

무게에 대하여

지워진 길

# 공허한 방

습관적으로 빈방의 문을 닫는다
칙칙한 공간을 쓸고 지나는 숨소리
베란다 창틈을 통과한 바람이
거실의 온기를 품고 횅하게 돌아간다
허공을 맴돌고 지나는 바람의 인기척
창틈에 끼어 흔들리는 커튼
가끔 무리지어 날아가는 까마귀들
새벽의 헛기침에
바닥을 보인 봄은 점점 야위어간다
길 위에 두런거리는 얼굴
오래된 가방을 열고 떠나야 할 시간
노트의 마지막 장을 써내려간다
서울로 떠난 아들놈 방
은하수 너머 여행을 가신 어머니 방
조금씩 지워지는 얼굴들
햇살에 실루엣이 사라지기 전
오늘도 습관적으로 빈방의 문을 닫는다

# 성산에 가면

우뭇개동산 넓은 들에 부는 바람
바다를 보는 사람들의 기쁜 표정보다
주인 잃은 낮은 지붕과 돌담
서북청년단 발길질과 고문
분노할 시기를 놓쳐버린 계절이기에 슬프다
일출봉, 섭지코지가 있어
오조리와 지미봉이 아름답다지만
눈부신 풍경을 배경으로
야만의 핏빛 언덕이 있기에 더욱 먹먹하다
현무암 덩어리가 심장을 짓누르고
새파란 입술의 해변에 다닥다닥 붙어
해풍을 맞는 터진목의 토끼풀
희부연 새벽 바다를 붉게 물들이는 건
영문도 모른 채 해변으로 끌려와
아수라의 군홧발에 쓰러진 꽃잎의 핏덩이었다
검은 모래에 뒤범벅이 된 채
마지막으로 바라보았을 일출봉 모습
성산에 가면
아찔한 용암 덩어리보다
세계자연유산 풍광보다
맨살 부대끼며 살다 꽃잎처럼 쓰러진
광치기해변에 솟구치는 심장이 있어 뜨겁다

# 추락하는 저녁

발버둥치는 그을린 능선
백태 낀 티브이는 자막에 의존한 지 오래다
눈길 외면한 얼굴
번들거리는 오후의 뉴스
누군가 닦아주길 기다리는 속셈을
길거리에 흩어진 눈들이
먼저 눈치를 챘다
집도 땅도 없는 길 위의 생이란
영혼을 껴안고 바닥을 뒤지다가
가슴 좋여 저녁을 맞이하는 시간에서야
잠시 숨을 돌린다
시곗바늘이 거꾸로 도는 시간을 붙들고
가면의 입방정에 놀아나는 꼴불견
이상한 일이 벌어지는 저녁이다
젯밥에 눈이 멀어
입맛 다시며 골목길로 사라지는 길고양이
도무지 묘안이 떠오르지 않는
정기 뉴스 정장 차림의 사내들이
요상한 일을 벌이고 있는
헛제삿밥이 그리운 헛배만 부른 날이다

# 바닷길 족적

쿵쿵거리는 엔진의 진동수 뒤척이며 헤아리다, 난바다 출렁거렸을 난파선 생각하다가, 항로 없이 어둔 바다 헤쳐 간 황해도 작은 어촌의 고깃배를 떠올린다.

희부연 새벽, 서해의 일출도 동쪽에서 꽃피우고 꿈에 나타난 무지개는 혼자만의 비밀.

천연색 꿈이라니. 발해만에서 불어오는 바람의 홍채. 선홍빛 물결은 덤일까?

회색 왜가리 날개 같은 단동. 유민들이 건넜을 붉은빛의 요녕 끝자락.

밤을 꼬박 새운 여객선은 항으로 미끄러지고 푸릇한 새벽이 선창에 붙어 인사를 보낸다.

인천항에서 승선한 덩치 큰 보따리들. 철조망의 굴레에 바다에서 절반의 생을 살아가는 유민들.

비단섬에 볼모로 잡힌 굴뚝과 철조망을 몸에 휘감는 회오리바람, 물거품 물고 몰려드는 난바다의 파도. 폭풍 지난 뒤의 평온이 차라리 더 두려울 수 있다는데 이순이 된 지금도 귀가 뚫리지 않는다.

겁먹은 아이처럼 거무죽죽한 입술의 둔치를 지나치면, 금모래 갈대 빛깔에 어울린 작은 지붕. 계절의 윤회 속에 잔뼈 굵은 자작나무. 잿빛 우울한 날 강변을 서성거리는 발자국이 서글프다.

무작정 대륙으로 흩어진 채 잃어버린 국적.

오가지 못할, 발자국 하나.

발자국 둘, 발자국 여럿.

무성한 계절 속에서 목숨 걸고 서성대는 사람들.

# 무게에 대하여

이삿짐에서 날려 바람에 뒹구는 스펀지 조각
세상은 처음이라 가벼운 몸
용달차는 멀리 사라지고 스펀지에 습기가 스며든다
아침에 내린 이슬이 피부에 닿아
뽀송하던 기분이 상했지만
갈 길이 멀어 용서하겠다
저기압이 몰려드는 오전
습도에 가랑비까지 내려 걸음이 무거워도
햇살이 든다는 예보에 그런대로 견딜 만했다
하늘이 열리고 강렬한 빛이 내렸으나
습기가 지배한 몸은 가벼워지지 않았다
고기압의 시간은 바람처럼 지나고 기압골은 낮아졌다
굵은 빗방울에 몸은 점점 무거워졌으나
세상은 그런 거라며 떠드는 무리들
관절이 삐걱거리는 무딘 걸음
그래도 하루를 버티기 위해 안간힘을 쓴다
비가 그친 하늘
노을에 비친 무지개가 높이 떠 있어도
무거운 몸은 마르지 않는다
어둠이 스며들고 땅으로부터 차오르는 습기

　지상의 모든 물방울에 만신창이가 되어 움직이지 못
한다
　누군가 등을 밟으면 몸에서 빠지는 물줄기
　그러나 다시 흡수되길 여러 번
　더 이상 습기를 받아들일 공간 없이
　처진 어깨 부대끼는 사람들
　언제까지 젖은 몸으로 신새벽을 기다려야 하는가

# 지워진 길

아이가 엄마 손 놓치지 않으려
손가락 끝에 묻어난 계절이 안간힘 쓸 때
강물로 뛰어든 정강이가 시릴 즈음
단단한 각질 벗겨내는 물결처럼
잡목이 삼켜버린 길 위에 포개진 발자국은 침묵한다
강의 어깨를 물고 늘어진 철조망
끝 간 데 없이 출렁거리는 국경
울음소리만 허공에 맴돌아
모래밭에 찍힌 화살표 물새 발자국이
위화도에서 말머리를 돌렸던 편자의 깊이 같다
봉두난발 백성들 머리카락인가
반질거리던 길을 감싼 잡초를 헤집는 바람

육중한 콘크리트 다리
신의주가 손에 잡힐 듯 끊어진 철교
수풍댐 가르는 보트의 굉음
집안에서 만포 구리광산으로 연결된 교각
중강진의 악산과 사행천에 자리한 너와집들
혜산의 어둠을 차단한 세관의 철문
남백두에서 발원한 강물을 건너던 길

보천, 삼지연, 송강하, 이도백하 그리고 천지
대홍단 감자 보따리 장수와
화룡을 오가던 무산의 얼굴
용정과 회령을 건너던 독립투사들
두만강 뱃사공은 파업 중인가
남양으로 건너야 할 기찻길 장악한 중국 국경 수비대
훈춘 302호 지방도로 철망 뚫고
아오지, 나진,선봉으로 향하는 덤프트럭
동해가 손에 잡힐 듯한 녹둔도
금방이라도 연해주를 향한 증기기차가 건널 것만 같은
독립을 위해
식솔들 먹여 살리기 위해
메케한 석탄 연기 속, 졸음에 겨운 눈꺼풀 부릅뜨고
가슴속에 댓 개씩 응어리진 한 품고 건넜을
방천에서 바라본 두만강 철교

정오의 태양은 정적으로 떠다니고
왁자하게 강을 건너던 사람은 어디로 갔는지
철망 사이 바라보는 건너편
인기척은 없고 매미 소리만 요란하다

미루나무 그늘에 위장한 초소들
터질 것 같은 팽팽한 긴장에 숨소리조차 숨죽이는
아이가 엄마 손 놓쳐버린 계절
비명으로 흩어져 떠내려간 노을처럼
굴레를 벗어나지 못하는 발자국들
지난 장마철에 떠내려온 비닐봉지가
철조망 송곳니에 걸려
갈 곳 먹먹한 가슴들이 파르르 떤다

눈에서 사라진 엄마의 손
두려움 떨치려 고래고래 소리라도 질렀으면 좋겠다
꼬질한 손가락으로 가린 까만 눈동자
오늘 밤은 어느 방향으로 걸음이 방황할까
압록과 두만이 펼쳐놓은
창백한 푸른 점* 속 먼지처럼 서글픈 반도의 둘레길


* 보이저가 찍은 지구의 모습에서 빌려옴.

영천 아작골 어느 노인의 넋두리

가방 혹은 나방과 다방

나무의 기억

돌층계에 대한 예의

통도사

스미다

비의 침술

# 영천 아작골 어느 노인의 넋두리

밤이면 토째비불이 번쩍였단다
골짜기를 메운 주검들이 제련한 인광
서러움이 뭉쳐 공중에 떠돌았단다
배고프다 외쳤는데 빨갱이라니
1946년 10월은 그랬단다 이유 없이
멱살 잡혀 끌려가 뭇매를 맞고
죽창과 총칼 앞에서 벌벌 떨었단다
일본도를 차고 일본인이 되고자
독립군 때려잡고 처녀 공출까지 서슴없던 순사
해방되고 경찰로 변신하더니
여전히 배고픈 민중의 배를 찼단다
악귀가 되어 날뛰고 도끼눈을 치뜨고
온 동네를 공포로 통치했단다
그래도 그 아들딸들이 유학 갔다 오고
고대광실에서 잘 먹고 잘 살고
국립묘지에 조상 참배하러 간단다
독립군 아버지는 아무도 거들떠보지 않고
내팽개쳐진 이국에서 똥지게를 졌단다
홍범도 장군도 이제서야 돌아왔는데
무명인 아버지는 언제 돌아올지 기약 없단다

# 가방 혹은 나방과 다방

한 번도 펼치지 않은 책들
혹시나 해서 담아두면 망각 속으로 가버렸다
어깨가 한쪽으로 기울고
담는 일이 부질없다 느껴질 때
비로소 가방까지 버렸다
근질거리는 날개를 시험하고 싶은 나방이었기에
몸속 어둠을 불태우려
빛나는 것들을 향해 무작정 돌진했던 몸
이젠 하릴없이 죽치다니
너덜너덜한 날개를 만지는 기분
완전한 굴욕이다
그래도 떳떳한 휴식처가 되어주는 탑골공원
길카페 다방 마담에게서 얻은
달콤한 말마디로 커피를 저어 홀짝거린다
왕년에 깃발깨나 날리던 몸들이
만년설을 이고 도착해서
다음 행선지를 기다리는 방
그래서 다방이란 이름이 붙었는지 모른다
간혹 가방을 자랑하거나
나방이 찔러준 담배를 나누는 다방

# 나무의 기억

종이가 물을 한 번 품더니 부풀었다
희망을 품은 거다 물결무늬로
흠뻑 젖은 책
햇볕에 말리니 더 두꺼워졌다
압력에도 굴복하지 않고
영영 처음으로 돌아가지 않았다
경직된 물결들 있는 힘껏
서로 엉겨 붙었다
그리웠던 숨결을 품었으니
더 이상 잊지 않으려는 각오겠다
예상외로 깐깐하다
부드러웠던 성품이 묘연하다
각성하는 중이겠다 나무였던 숲을
그리겠다 새 멧돼지 사슴을
잊었던 모든 인연이 아롱거리겠다
동굴은 밖이 두렵고 밖은 동굴이 두렵듯
흠뻑 젖었던 성향은 쉽게 바꿀 수 없나 보다
한번 맛본 희열이
노름꾼 애인이 이랬다

# 돌층계에 대한 예의

계단은 단을 가르치고 계를 가르친다
생의 단계를 가르친다
무심코 밟는 돌이 발을 팽개쳐버린다면
위험을 감추고 있던 디딤돌이
한순간 꿈틀거리며 단과 계를 가르치려는 숨은 뜻이다
참 많이 무너지고 싶지만 참는 돌계단
수많은 봄을 담고 있어도
계절 따라 속이 눅눅해지기도 한다
무거운 돌덩이이므로 오래 지상에 버틴 이력으로
대책 없이 서두르는 발걸음을 가르친다
계단은 한 단씩 천천히 밟는 계다
층계마다 집 짓고 일하고 기거하다 가는 일상을
도처에 계단이 있어도 나는 몰랐다
밟다가 비틀거리면 늦다
절대 꼼짝도 못 할 거라는 아집은 버려야 했다
세상은 다 계이고 단이다
까마득한 층층대 초입에 서서
막막한 느낌이 드는 이유를 짚어보면
한 단 한 단이 고비 아닌 단이 어디 있었던가
디딘다는 말은 떠받들어진다는 말
새기고 또 새기며 딛는다

# 통도사

통 도사가 없다는 사찰에서

찾는다고 버린다고 경계를 넘나드는

수행자의 결가부좌를 본다

그냥보다 의미롭게

요사채 마루에 누운 파리채를 본다

두 손으로 싹싹 비는 파리를 사정없이 때려잡는

불자를 본다

해탈을 앞당겨주는 자비로운 행인가

환생을 돕는 긍휼의 마음 씀인가

미물은 미물로

부처는 부처로

각자 제 영역에서 부릅뜨는 눈을 본다

바람 불자 떨어지는 잎

풀피리 불자 잠시 멀어지는 근심

나를 깨우쳐야 만물을 깨우칠 수 있으리

깨자! 하는 찰나

박살 작살 아작이 불현듯 떠오른다

아하 통(通)도(道)사(死)

으깨져버린 파리를 본다

# 스미다

구름이 긴 묵언을 벗어던진다
헌 경계 넘어 새 경계에 드는 은빛 소요
온갖 소리가 묘한 화음을 이루어낸다
주문이 되어 우울을 불러들이고
반지하 검은곰팡이가 포자 퍼트린다
아문 상처가 소리에 덧나
신경줄기로 뿌리 뻗어 휘감는다
팔다리가 앙상해지도록
환영의 오묘에 끊임없이 몰입시킨다
잎으로 꽃으로 색 먼저 깨우더니
까맣게 잊었던 동통마저 일으켜 세운다
받아들이지 못하는 항거의 정점인가
뭔가 끓어오르는 전조로 번개 치고 뇌성이 울린다
스며드는 것들에 냉혹했던 몸이여
제 힘껏 빗방울 받쳐 버티는 저 연잎의 투혼도
저를 때리는 물의 힘이 아니던가
유심히 바라보는 물빛에 눈이 어린다
어떤 경계에 멈춰 생각에 젖는 얼룩도 없이
스민다의 궁극은 나까지 지워내는 고통
지우는 일도 지우는 생각조차도 잊는 몰아

# 비의 침술

벼락 치는 일갈에 소스라치는 창문

잡생각은 무장무장 돋아나고

골목을 배회하며 울고 다니는 바람 스산하다

가물가물거리는 먼 불빛은

막힐 듯 말 듯한 절박한 숨구멍 같고

빗발은 수없이 꽂히는 은침 같다

빌딩 입구에 발이 묶여 태우는 젖은 담배는

생의 구두점 중 몇 안 되는 쉼표다

초침 소리가 초조하게 닦달하는 거래 결과

육감으로 짚어보는 희망마다

실핏줄처럼 얽혀 있던 인맥에 목이 말랐다

모든 원류를 사골 끓이듯

우려 마시던 연줄이 맥없이 끊어지고 나니

여지없이 구겨져버린 계약서

뒤틀리는 기혈 그 막힌 혈에 일침을 놓으며

하루살이보다 못한 생업이지만

끝끝내 멈출 수 없는 노정 아니냐며

지상을 시침하는 빗발들

대침 자리 빼곡히 부항까지 뜨고 있다

황지형

앞잡이속(屬)을 본다

Unscented

내일 들어가겠다고 하는 채집망

백색 세균

홍당무

끝마디 통통한 사과의 불확정성

신(新)만파식적

# 앞잡이속(屬)을 본다

명사 길앞잡이 4K가 꿈틀꿈틀

대명사 64K가 죽인 첩자다

수사 256K를 조삼모사에서 저격하다

동사 스태그플레이션 화석에 걸린다

부사 말로 변신하다 중성화된 위조자로 잠입하다

형용사 배반과 거짓으로 이혼하다

감탄사 본능적으로 나쁜 소문에 매혹하고

관형사 TV 말에서 효과적인 소문을 전달하다

조사 죽은 말이 살아 있는 말을 앞지른다

신진대사에 따라 말을 통제한 명사가 나온다

품사 없는 육체의 시간을 엿본다

# Unscented

무늬오징어 포크오징어 갑오징어
노트의 해상도를 펼치고 등불을 밝힐 때
나는 젖지 않는가 오랜 시간 보는가
물이 쏟아지고 오징어가 삐뚤삐뚤하고

오징어, 등불은 눈썹 아래의 것
삼각지고 사각지고 처음부터 잠긴 것

알고 먹나요 차갑지도 뜨겁지도 않은 등불
도저히 끌 수 없는 등불이 살고 있어요

내 눈은 물이 출렁이고
한쪽은 검정 오징어이고 한쪽은 빨간 오징어이다
검정 오징어와 빨간 오징어는 연안오징어 같은 오징어

눈알 요리를 먹은 후 너를 바라보지 않았다
발이 묶인 노트에도 너와 나의 지도에도
감았다 떴다 눈 속엔 가판의 집어등들
눈 속엔 등을 보이는 눈썹이 잠겼지

수위가 높아도 오징어가 잡히면
처음부터 무늬오징어 포크오징어 갑오징어
다리를 먹었지만 오징어는 이미 피데기
나는 흑심이 부러져도 작은 등불을 밝힌다

# 내일 들어가겠다고 하는 채집망

{채집망}은 글쓰기다 큰 구멍도 작은 구멍도 견디어낸 글쓰기 체험이다 바닷물이 빠진 자리에 자음이나 모음이 들어가는 {채집망} 해루질엔 진흙팩을 바르고 아이고 허리 뼈가 구부러지게 쑥을 빼고 멀리까지 흔드는 요령들

휴가다 봉 박힌 물길을 따라 긁어댄다 살살 긁으니 글자가 바스락거린다 줍다시피 넣고 돌아보면 파헤쳐진 가슴을 담는 {채집망} 돌아보면 당혹스럽고 두 번째 종이도 무관심하게 한 시간 후면 밀물을 받아들이는

{채집망}이다 헛손질을 한 손이 다른 손으로 바꾼다 구멍 속에 손을 갖다 댄다 때때로 호미를 옮긴다 한시바삐 바지락에서 낙지를 생식할 거야 능숙하게 잡는다 난 심연을 담은 이야기를 지워내는 첫 번째 종이가 될 거야

둘째 날 청진기를 배에 댄 여자의 {채집망}에서 한 블록 떨어진 계산대에서 비비는 두 손을 본다 내용이 달라졌을 눈빛 가득 활자를 담아오고 중얼중얼 열쇠가 쏟아지는 구멍은 매일반 공기방울들이

바다로 해방되고, 자음이, 모음이 밀려오고, 숨어버린
갯벌을 지나 자음이 밀려오고, 회색빛 물길 따라 밀물과
썰물 때를 기다리는 (채집망) 얼굴을 씻는 갯벌 체험처럼
그림이 찢기면 밀물이, 밀물이 밀려오고

호미 끝에 달린 죽음이다 껍질의 저항, 녹슬지 않는 몸
안에서 소화액을 뱉어 자기를 뒤집어버리는 (채집망)이다
통각의 벌판을 지나 작은 구멍에 활자를 주입해 잠입하는
자음들 모음들 가난한 활자들

악착같이 호미를 집어넣고 돋을새김 발자국을 찍다 갯
벌 속으로 머리를 집어넣는 (채집망) 혼동이나 방해 없이
휘어진 물속을 시커멓게 보여주는 네 번째 종이거나 다섯
번째 떠다니는 종이이거나

날마다 밀물과 썰물이 만들어내는 글쓰기다 회색이다
안개의 필사는 가끔씩 (채집망)을 살핀다 자유롭게 즐기는
영원한 종이를 위한 종이에 의한 종이의 음악을 위해

# 백색 세균

날아다니는 악보입니다 내 머리카락이 모나코 나비 색깔이라고 웃던 언니, 나를 멕시코까지 이동시키는 언니, 나비가 떨어지는 사이 환호성을 지르던 벚꽃 핀 밤입니다

마스크 쓴 얼굴로 검은 초코칩 쿠키를 먹었던 게 떠올라 비린내가 단단한 바람이 불어왔지 속 셀로판지까지 베어 문 두 입이 다다달았습니다

나무는 리모델링을 할 수 없어 열흘 동안 꽃을 피우면 천의 얼굴을 꽃피우는 계절이 되는 겁니다 비의 지휘인지 바람의 지휘인지 갓길에 쓴 꽃잎 편지지가 난데없이 뒤집힌 마침표입니다

날개를 잡아서 손가락에 끼웠던 날입니다 모나코의 은가루가 순식간에 정수리에 떨어졌지 몸에 있던 금가루를 털어주던 때 언니는 날개를 감추었다가 그늘에 말려두었다가 악보 종이로 쓰거나 멀어진 봄여름가을겨울 불러냅니다

주말에 산책할 사람이 바뀐다고 했습니다 술 마실 때마

다 나비 표본을 들춰내는 언니 세상에 자기를 압착시키는 언니 그림자놀이를 한다고 했지요 벚꽃 엔딩만큼 날아지고 그림자도 빛을 잃습니다

　가끔은 핀 박힌 날개를 퍼뜩거립니다 스스로 배달부라고 우편배달부라고 고백할까 봐 입 닫아버립니다 내 머리카락은 어느 쪽이든 흩날립니다 먼 질문은 듣기만 해도 엉덩이가 빠지듯 날아가는 연주가 될까요

　그림자놀이 하지 않겠다고 말하던 언니, 나비를 오려내며 육체적인 시간을 읽었던 언니와 내가 사라지지도 굳어버리지도 않는 나무의 스포트라이트를 쳐다보는 건 빈터에서 찾은 막과 장을 지닌 종이 때문입니다

　찢어버려 언니, 마스크에 붙어 건너뛰고 있습니다

# 홍당무

조명 때문에 스물세 살은 빨간 얼굴이 된다 영혼이 이탈하려는 순간이었을 거야 붙인 눈썹과 덮어쓴 가발도 달라붙어 다녀 이것도 인생이야 시간을 거스르자며 내 눈을 감긴다 입맛이 돈다 객석에 가까이 들리도록 목소리를 높인다 정면은 주의 사항이야 몇 달쯤 지나면 달라지고 변하고 무대 위에 있을 거야 얼빠진 얼굴이잖아 마지막까지 대사만 외우지만 돌이킬 수 없는 일이 벌어지고 미끄러진다

그렇지만 부끄러워한다 다른 사람이다 저장성이 뛰어난 작물이다

어두운 객석을 쳐다보았다 가운데에 있다 짧은 시간 동안 속박되었다 그에게 두 팔을 뻗는다 조명은 켜져 있었다 멈출 수 없는 일들이 일어났다 나는 다른 사람이다 마지막은 결정되어 있다 고정된 현재가 묶인다 난 무대에 있을 거야 당신은 얼마든지 암막 커튼을 열고 나갈 수 있겠지만 난 커튼콜을 할 때까지 최선을 다한 배우에게 젖은 눈길이 닿는다

사람들에게 파묻혔다 다발로 있다 얼마든지 꽃다발로

묶은 사진을 찍었다 팔에 팔을 걸고 고리를 만들 때 한 짝
을 이루는 금빛으로

　눈치코치 없이 무대에 오른다 눈치를 채기 위해서는 눈
치를 줘야 했다 손가락 세워서 치켜들었다 흰 눈동자 같은
날이 저물고 있다 슬픔과 설움을 딛고 붉어지거나 사라져
도 울어댄다 나는 절래절래 고개를 흔든다 객석을 올려다
본다 나는 조명에 반사된다 미래형으로 살 수 있도록 이제
막 돋은 것처럼 치아가 빨갛게 드러난다

# 끝마디 통통한 사과의 불확정성

끝마디 통통한 내부의 발소리다

몸의 날씨는 순수 배율 1초의 합 권태낱말은 364일째

금성의 고딕 관측소에서 사과의 음소 깎고 있는 흑색인 당신이

 ❛모음의 음모를 위해 헤시시 웃는다❜

（ㅁ）변신 중인 아들을 위해 기침 소리 발소리를 적는다

화요일의 수요일의 목요일의 금요일의 자아를 ⓢⓡⓗ

｛ㄷ｝하층운충적운난층운에 접근하는 지시대명사를 받아쓴다

도서관의 중앙 복도에 뜬 장성행진곡 바라다본다

〔ㅅ〕아침마다 모음 소리는, 점심마다 자음은, 저녁마다 은는한다

12번째 평범하다 12번재 지루하다 12번째 구닥다리다

《ㄹ》일어나세요 벌써 목요일이야 당신에게 고백한다

사랑은 세다 날짜는 훌륭해 당신은 너무 문장적이야

【ㅎ】내게 썼던 편지가 도착한다 머리에 더듬이가 교차된다

모음이다 자음이다 어제다 내일이다 지금이다

〈ㅇ〉연습곡에 모음곡을 덧붙인 리모컨을 호출한다

켜죠! 꺼죠! 올려줘! 찾아줘! 배짱이 없다면 던져버려!

발소리가 찍히는 끝마디 통통한 밤이다

백천 번도 넘게 사과의 음소 깎아내는 백색인 당신이

반대쪽 사과의 배후를 한 입 베어 문다

# 신(新)만파식적

### 1.

고(故)아버지는 거짓말 모음집을 만들려고 작당하고 있어요. 공동체에서 살아남은 생존자 중 한 명이죠. 콩 심은데 팥 나온 적 없지만 거짓말의 효과는 적절한 해독일 거예요. 한 걸음 나아가지 못하는 방구석에서도 지적인 활동이 자라는 활화산의 내력이에요. 고(故)아버지의 나라에 출몰하는 여자와 남자는 술 잘 마시고 노랫가락 잘하면 어떤각도에서도 협약이 가능하죠. 팥죽이 끓기 전에 남자와 여자를 번역해야 해요.

안락의자에 앉아 타인의 방을 들여다보는 열쇠를 풀어낼 때마다 최루탄처럼 구름이 출몰하고 공동묘지에서 살아남은 여자가 되죠. 실내 독서보다 팥죽을 더 무서워하는에피소드를 듣고 있죠. 그래요. 몇 번 덮어쓴 이불 속에 어느새 새벽이 도착하네요.

울산태화강십리대밭에서 신(新)만파식겁 하기 전이네요.

2.

국가정원으로 승격된 태화강십리대밭은 아무 때든 가서 놀기 좋았다니까요. 긴긴 가뭄과 장마 때 먹은 죽순은 세월을 품은 약이었죠. 살짝 데쳐서 식초에 무쳐 먹으면 대나무가 풀이란 걸 증명할 거예요. 내가 아는 고(故)아버지는 대나무로 소쿠리를 잘 만들었어요. 자연스럽게 소꿉장난도 대나무를 주로 사용했죠. 부러질 줄 몰라서 쪼개어진 건 아니죠. 한 마디 한 마디 마음의 온도를 새겨놓는 고(故)아버지, 딸래미 왔심더! 한 뒷박 봉분에 던져놓은 밤톨을 까발려요.

스타일을 만드는 딸래미는 아버지를 클릭하고 엔터키를 누르죠. 이득을 이끌어낼 수 없는 아버지처럼 마우스가 딸깍딸깍 돌아가며 누워 있는 고(故)아버지를 깨우죠. 선택하고 싶은 아버지는 모두 붙이기를 해서 가버려요. 손가락 하나 까딱하면 죽다 살아나는 갈림길에서 잇기와 엮기로 놀고 있는 나는 진정 당신인가요.

### 3.

3 · 1절, 6 · 25동란까지 다 경험했지만 실용성 앞에서 나는 분장을 잘하는 요즘 여자이고 고(故)아버지는 지워져 버리죠. 노름에 묵정밭까지 다 날아가고 보따리 하나 달랑 들고 마누라 쫓아 피신해 온 삶이죠. 팔 남매의 필요에 부응하기 힘들었지만 고(故)아버지는 밤에 구연의 방을 밝히네요. 그날 아침에 뽑은 이빨은 지붕에 접붙이기를 하죠.

두드려져요. 알밤이 아니라 버드렁니를 발취하는 밤송이에요.

### 4.

자생하는 금가루가 씨앗처럼 뿌리내리고 있대요. 한 사람이 또 한 사람을 등에 업고 있대요. 마지막 한 사람까지 전해져요. 내 이야기는 사실 한 편의 이야기가 될 리가 없죠. 어쩐지 인물이나 사건이 술술 다 새어버리고 서사가 없는 대바구니 같아요. 한 곳으로 고인 마음에 솔깃해요. 열렬히 희구했던 고(故)아버지여 빗금으로 남을 수 없는 먼

공간을 가로지른 시간이죠. 그 이름만으로 감동을 재는 데
의미를 사용해요. 한민족이면 모를 리 없죠. 온갖 이름을
만들어내지만 똑같은 닭요리처럼요. 고(故)아버지를 발라
내고 살만 튀겨서 반반 먹는 전단지는 벽에 붙이죠.

벌써 육하원칙은 건너갔어요.

## 5.

붉은색만 보면 땀을 줄줄 흘리는 고(故)아버지마저 뇌경
색을 앓기 시작했어요. 자식들 뒷바라지만 외치던 우리가
죽은 자의 흐느낌을 알 리가 있겠어요. 상황이 바뀌면 언
제든지 페이지를 찢어버리겠다며 다른 말이 돌아 끝내 하
지 않을 말인 거죠. 같이 읽고 싶은 책을 발견하는 일은 실
행하는 출구를 뚫는 일이죠. 끝내 해독할 수 없을 거예요.
감히 두근거리는 심장부를 타인에게서 찾는 일이에요. 사
랑하죠. 나, 나는 사랑하고 사랑받는 게 틀림없어요. 맘에
쓴 말 때문에 어지러워지죠. 페이지마다 구조신호처럼 무
지개 포스트잇을 붙여놓았어요.

사과가 자라는 동안

빗방울

오래된 나무 이야기 3

오래된 나무 이야기 4

고택에서 배롱나무를 읽다

해바라기 저수지

# 사과가 자라는 동안

 '사과꽃이 언제 피었더라?'라는 나의 질문이 양옥집 담장 쪽으로 까치발 든다. '이번 여름은 어지간히 시끄러워, 망할 놈의 지역감정!'이라는 대답이 신발 위로 빠르게 떨어졌다. 화들짝 놀란 신발 두 짝이 뒤를 돌아보다가 술 취한 아저씨 그림자 속으로 풍덩 빠졌다.

 눈앞이 아득했다. 피할 대답도 아닌데 생각하기 나름인데 심장이 콩닥거렸다. 담장 위 사과를 훔친 아이처럼. 헛기침 없이 놀라게 했다는 아저씨의 굵은 목소리가 굴다리를 끌고 온다. 바람이 찢어진다. 숨을 헐떡거리다가 굴다리 끝 벽을 붙잡고 잠시 걸음을 멈췄다. 신발 앞으로 개미들이 몰려왔다.

 그래, 우리 마을 사람도 한때 개미처럼 부지런했지. 생태계에도 관심 많았지. 굴다리가 많은 마을이 그저 그랬지. 그렇지만 친숙한 나무를 만날 때면 굴다리의 유용성을 설명해주곤 했지. 못난이 사과를 더 좋아했지. 불안증도 없었지. 나는 한참 구시렁거리다가 다시 걸었다. 호두나무가 지나간다. 검은 개가 짖는다. 또 하나의 굴다리가 지나간다.

# 빗방울

싸아흐… 후드득… 빗방울 닿는 곳에서 기이한 소리가 난다. 웃음과 울음이 쪼개진다. 누구의 심장 소리를 터트려 누구 마음을 내보이는 것일까. 깨지고 폭발하는 것을 반복하는 것이 소임이다. 차분히 흙집으로 스며들어 흙집의 배경이 될 때는 한없이 찬란하다. 차분히 나비병원 담벼락으로 스며들어 검붉은 포도알이 될 때는 죽음이 더 반짝거린다. 미처 빗방울이 박히지 못한 골목 어귀, 군데군데 남아 있는 얼룩은 무엇일까. 말 한마디 못 하고 소주병 뚜껑 하나로 남아 있는 모습은 누구일까. 빗방울 소리는 질문과 대답이 무한하다. 싸아흐… 후드득… 언덕 너머 골짜기가 계속 내린다.

# 오래된 나무 이야기 3

어린잎이 싱글벙글 피어나고 있었다. 사월의 언덕에서. 오! 예쁘구나, 부럽구나, 라는 말이 할머니 입에서 툭 튀어나와 높은 나뭇가지에 걸터앉았다. 나도 갓 핀 감잎처럼 손가락을 쫙 펼치고 가장 오래된 감나무를 올려다보았다. 예쁘다, 라는 말보다는 부럽다, 라는 말에 더 깊어지는 생각. 감나무 수피 여기저기서 붉은 촉을 발견하고는 부럽다, 라는 말이 계속 튀어나왔다. 죽은 나뭇가지 사이에 숨어 있던 바람무덤이 파도처럼 흩어졌다. 진정 올해의 우리는 부럽기만 하고 아프지 않은 나무가 될 수 있을까. 지구의 환경을 위해 계속 봉사를 할 수 있을까. 그럼, 늦지 않았지. 움직인다는 것은 기회지. 손가락 사이 혈은 잘 돌고 있잖아. 그렇다면 여름이 오기 전 우리 발가락들도 분발해야 할까. 더 열심히 노력하면 막힌 혈을 뚫을 수 있을까.

# 오래된 나무 이야기 4

회화나무 사이로 반달이 떴다
벗의 어제가 떴다
회화나무도 반달도 나의 마음을 알고 있을까

벗들과 외암 민속마을로 여행 갔던 때가 생각난다 고택
과 아름드리 소나무가 생각난다 모란 동백 노래를 부르며
돌담길 걸어 나가던 공책과 연필의 찰나도 눈에 선하다 그
때 우리들은 타래난초 같았지 제각각의 뿌리가 그리워 고
향 닮은 마을을 선택했을까 너의 사랑은 섬진강 줄기보다
길고 파릇했지 백 년도 더 넘게 살 것처럼 웃음소리도 호
탕했지 나의 사랑도 마을 곳곳을 돌다가 고택의 세계로 빠
져들었지 달빛 흐르는 밤, 걸음걸이는 누가 제일 예뻤더
라? 달리기는 누가 잘했더라? 오징어게임에서 승리한 벗
은 누구였더라? 공책과 연필이 잠들기 전 오이 마사지는
누가 해줬더라?

이제 나는 너를 만질 수 없고 너도 나를 볼 수 없는가
회화나무 사이로 반달이 네 마음을 내보낸다
반짝거리는 별모양으로
백 년의 반을 살다 가겠다는 네가 미워서 나는 운다
가슴 움켜쥐고 자꾸 운다
회화나무가 반달을 돌리고 있는 밤

# 고택에서 배롱나무를 읽다

나는 쉽게 꽃 피운 나무가 아니다

온갖 외부 압력이 수피에 붙어

수화를 떼어내느라 주변 풀의 기도가 미끄러지기를 수
백 날

기름 냄새 땀냄새 머금은 신발들이 도시를 빠져나오다가

후회도 하고 희망도 걸어보기를 수백 날

여름새 한 가족이 귀향해

고택과 소통하기를 수백 날

고택도 나도 쉽게 웃는 나무가 아니다

# 해바라기 저수지

구름이 불러서 여기에 또 왔다
새들이 파먹은 해바라기 뺨을 어루만지다가 풀벌레 소리
따라 걸었다

언덕을 돌아내려 가니 꽃잎 절반 펴낸 해바라기 세 송이
환한 얼굴로 양쪽 잎을 팔랑거리며 나에게 물었다
당신도 이런 적 있느냐고
남보다 더딘 개화인데 당당했느냐고

그럼요!
걸음마는 서툴고 손가락이 잘 펴지지 않았지만
웃음 많은 어느 한때는 대단했지요

정확한 답변은 해바라기 뒷모습도 멋지다는 의미
현재 성실이 중요하다는 의미
불현듯, 아빠 뒷모습이 살아났다
삼시 세끼 감자만 먹어도 웃는 아이들이 살아났다

깊숙이 저수지 안을 들여다보는데 무수한 일곱 살이 웃었다
물고기가 그것을 뒤흔드니
노랑어리연꽃이 그것 위로 몸을 넓혀갔다
흰구름 어깨 너머가 유독 파란 날

박정옥

산타페 가는 길

모두의 시작

날씨는 당연히 객관적이지 말입니다

해변에서 만난 표정

# 산타페 가는 길

이름을 바꾼 적 있다

그러다 인디언식으로
'웅크린 달빛의 유령'이거나
'말을 죽인 자'
'돼지에게 쫓기는 남자'
'어두운 적색 불꽃의 정령'
또는
'한결같은 것은 아무것도 없는'
'오래전에 죽은 자를 생각하게 하는'
'천막 안에 앉아 있을 수 없는'
매우 은유적인 미련의 변두리를 떠나지 못했다

만약 인디언에게 음력과 양력이 있었다면
내 이름에 더 많은 은유가 생겨날 테고 그 이름으로 매
일이 헐렁했으면 했다
가령 아침마다 손차양을 하고 바람의 배후와 깃털의 바
깥을 그려보는 일
물에 되비친 숲의 발바닥이 욱신거리는 어제의 둘레를
치는 일

머리카락을 흔들고 지나가는 바람 한 올의 기분은 돌아
오지 않는 일
인디언 밥으로 듬성듬성 옥수수 이빨이 될 때까지
끝없는 황무지를 달리고
돼지에게 쫓기는 나나이가 되어
돌과 달빛과 유령을 만나러 서쪽으로 서쪽으로 또 서쪽


산타페 나의 엘도라도
를 찾아 44만 킬로를 달린 아릿한 무릎에 깊숙이 안겨
든다
밤의 습지를 건너 붉은 모래 무덤이 머릿속에 덮친다
조금은 노쇠하고 쿰쿰한 체취 사이와 사이에 겹으로 쌓
여왔을 이미지들
근거도 없이 심장 쪽에 가까운 계절이라는 확신


불가역적인 환상을 심어준 컴퓨터 첫 화면을 뚝 떼어
왔다
밸리밸리 돌고 돌아 모뉴먼트밸리를 지그시 누르며
나바호족 체로키족은 붉은 사암에서 익숙한 레퍼토리
덕밸리 추장이 한국인이라서가 아니라

당신들의 공간에 남아 있는 '우리' 라서
우리의 내일은 더 깊은 은유 속으로
모카신을 신고 새벽 물가에 당도하겠다 당연히
쓸모없는 것들에 대한 행복이 가득할 리 없다

얼룩덜룩 살갗 벗겨지도록 이 풍진 사막을 누빈
환유의 이름에 깃털을 덮고 아직은 떠날 수 없
는 나의 산타페
열아홉 수
44만

# 모두의 시작

그러던 어느 날

두더지가 평정한 땅은 실밥 터진 하지정맥처럼 뻗어나 갔다 정맥을 따라 모두의 처음이 시들해지는 중이다 중에 는 호기심의 비중이 커졌다 모카빵이 생각났다 터질듯 부 풀어 오른 모카빵 처음의 시작처럼 둥근 커피 향이 정맥을 따라 붉은 땅에 옳은 두근거림의 반복을 앓고 있었다 그것 은 환희 그것은 경멸 그것은 체념, 체념으로 차오르는 생 각이 끓어 넘치는 반복이었다

그러던 어느 날

키를 넘어선 옥수수는 수염을 달고 초복을 기다렸다 수 염은 아이들의 색 아이들의 색이란 단순해지는 것 단순한 것은 처음의 것 발굴되지 않은 색, 무엇이든 더 대립하기 전에 철망 밑을 파고든 산돼지는 공상을 찢고 아이의 아이 를 아작 내었다 옥수수는 처음으로 처음을 맞이할 수 없는 처지다 시작은 한결같았으나 고추와 호박 줄기는 저들끼 리 대화가 시작될 때 폭발하듯 월담을 한 고라니가 부드럽 게 말아 드셨다 대화는 끊어지고 시작도 분명해졌다 입이 마르기 전에 입은 언제나 피고 있다

그러던 어느 날

의심을 섞어서 할 말이 줄어드는 것처럼 가을이 왔다 두
더지는 여름 내내 두더지의 생을 걸고 새로운 아침을 만들
었다 고구마나 감자들의 땅은 언제나 처음처럼 모두에게
한결같았다

# 날씨는 당연히 객관적이지 말입니다

나는 어디에 끼워둘까요

늦게 온 사람을 빈자리에 끼우는 것처럼 폭우는 불안정
한 계절을 대신 앓아주는 거라면

장마가 좋았어요 장미처럼, 유명해요

계절을 잃은 날씨들
빈자리와 옆자리 깊이 아파본 사람들로 가을에 벚꽃이
피고 무릎을 말리는 중입니다

올여름 유명을 달리하여 유명했던 콜로라도강 라인강
루아르강 양쯔강, 속을 까집어놓고 노래를 지우고 권태를
몰아냅니다
모든 믿은 것들을 의심하면서 매일 지하철을 타고 기차
역에서 버스를 타고 갈라진 중앙선이 구부러지고 물속으
로 잠기는 비현실의 현실과 믿었던 것들을 배반하고 의심
해야 하는 오늘의 미래입니다

아! 장미는 가시, 강은 폭염, 공소시효 만료가 끝난 장기

미제 사건처럼 바짝 마른 강에 올라탄 침몰된 군선

　이질적일수록 공통점이 많아 서로에게 멱살잡이처럼 폭
우처럼 시선이 쏟아집니다

　장마와 장미 사이만큼 우리들 미래는 유명해지는 중입
니다

# 해변에서 만난 표정

이렇게 이렇게라도 쓰다듬는
혓바닥 파도
거품 나도록 혼자 하는 이야기죠

하여간 움푹 휘어진 모래밭 이야기
곡선의 생활 기록이
그렇다는 거죠

빠르고 간편한 직선으로 쓸어 담은 표정들
신항만 신포구 신건설 신축조 신기술 신천지

제 뼈를 깎는 타포니 해안
천공 자리 갯고둥을 품어
자반뒤집기로 수심(愁心)할 때
나조차 풀어지는 너머 언저리 잘피*도
삭제된 영상처럼 물속에 흐릿한데

붉은 뿌리 푸른 줄기 지그시 그 달큰함을 삭제할래요?
안 돼요 보릿고개 이겨낸 추억의 맛 리콜해주세요
한 겹 두 겹 낱장 벗겨 새파란 날것 씹으면

나의 배후는 슬픔을 익사시키고 솟구치죠

잘피는 선거에서도 뽑을 수 없는 나의 군것질 뽑기인데
요

머리칼 속을 헤집고 만나는 이야기는 어디쯤이죠?


오늘 차일암\*\*에서 붉어지는 마음 이런 색, 일까요

한 장의 해변을 바라보다 묵직하게 찍히는 통증

나리꽃 환한 바위언덕 우리들 발자국 부끄럽지만 안녕


\* 해수에 완전히 잠겨서 자라는 속씨식물로 다시마, 미역 등의 해조
  류와는 달리 잎, 줄기, 뿌리 기관을 가지고 있다.
\*\* 울주군 온산면 해안가 바위 이름.

강현숙

아, 배롱나무에서 여름꽃 핀다고 말하자

눈먼 돌

코페르니쿠스적 전환

사각지대

완벽한 여름

붉은 열매

낯설고 기묘한 이곳

# 아, 배롱나무에서 여름꽃 핀다고
# 말하자

아, 배롱나무에서 여름꽃 핀다고 말하자 매미가 매미가
아닌 걸 어쩌나 구름은 구름인지 저녁이 오는 절실함을 또
어쩌나 빠져들지 않겠다는 것이다 세계의 무위(無爲)에 하
늘인지 돌인지 구분하지 않겠다는 것이다

심장 소리 들리는
이 거리를 건너뛰고
심각하지만 심각하지 않다는 듯이
지나간 시간에 대한
새로운 발견을 받아들이는 것이다
경건한 바닥과 더 가까워지기 위하여
마른 땅에 잡풀은 자라고
집은 내게 감사했으니까

먹구름이 몰려오는 여름 저녁에게 안녕이란 인사를 하
기로 했다 당신에게 몰입하지 않기로 했다 알 수 없는 방
향이 있다는 것으로부터 벗어나기로 했다 지금 여기, 자
전거를 타고 복권을 사러 가는 이의 무거운 꽃꿈을 꾸기로
했다 지나온 길이 꽃들이 만발한 벌판이었더라면,

노란 꽃꿈을 꾸기로 했다

# 눈먼 돌

돌은 가벼워지지 않지
돌은 놀이를 하지 않지

돌이 심각하지 않기를 바래

　　※
돌이 있고
돌 하나가 무겁다

돌은 무위(無爲)다 돌은 눈이 아니다

돌에 구름이 내리고 비가 내리고
돌이 마른다

　　※
돌이 가벼워야 하나
눈먼 돌로 살아가기로 한다

돌은 빠져들고
돌은 감당하고

불편한 자세로 눕는다

눈먼 돌

눈먼 돌은 갇혀버린 돌이 아니다
눈먼 돌은 스스로 눈이 멀어지기로 한 돌이다
눈먼 돌은 이제 캄캄한 어둠을 길들이기로 한다

언제나 공포에 익숙해지려나

❈

돌은 눈이 멀고
돌 위로 눈은 녹아 내리고

# 코페르니쿠스적 전환


슬프다
슬프다

이제 슬픔이란 말이 지겹다

슬픔을 비닐에 담아 냉장고에 넣는다

잠시 멀리 외출한다

슬픔과 거리가 먼 곳을 다녀오는데
울지 않는 초목이 없다

더 머언 곳으로 갈 작정이다

탈피할까

제자리에서 빙그르르 한 바퀴 돌아
무늬만이라도 혁신을 할까

자유로운 영혼이란
의자와 나 사이에 경계 없음이란

나는 당신이 필요하다는 갈망이다

갈망은 주르륵 흘러가 버리는 물이다

물러터진 포도 한 알을 입에 넣으며
의미 없는 슬픔이라고 생각했다

슬픔이 가속도로 내게 온 것처럼,

# 사각지대

과묵하게, 과하지 않게
웃음이, 울음이

세계의 찰나와
살아내어야 할 순간 사이에서
아슬아슬한 경계에 서는 일

당신이 오롯이 시리도록 떠오르고
사물이 또렷하게 저녁의 슬픔으로 오고

느릅나무 잎이 흔들린다

수면 위로 떠올라 수련은 핀다

과격하지 않게 작은 목소리로

살아 있다고 그 정도 소리 질렀으면 되었다

실패한 세계에서
실패가 아니라고 우길 필요도 없다, 되었다

느닷없이
눈이 내리면
다정했던 한때를 비우며

기차를 타고 당신의 곁을 지나가는 것이다

목이 꺾이고
손목이 꺾이고
끝이 없는
허리를 꺾으며

## 완벽한 여름

특별한 혁신도, 사유도 없이

꿀사과 파는 트럭이 지나가는데 태양이 그립다

여름이 여름에게 도취할 시간이 오지 않는다

여름의 벽 안에 갇혀
여름이 저 빛 속에 있는데

아무것도 하지 않을 시간이다
완벽에 갇힌 여름

여름은,
여름의 중심에 끼어들지 않기

날카롭게 찌르는 빛을 따라 도착하는
지독한 늪

결핍된다고 생각하니
허기진다고 생각하니

넘치는 여름이었다

# 붉은 열매
— 가시거리

팥배나무 가지 사이로 새 한 마리 옮겨 다니며 붉은 열매를 먹는다
키가 무척 큰 팥배나무는 말이 없어도 좋다. 침묵이다
붉은 열매는 붉고 새는 열매를 먹고 사람의 말이 필요없다

추억을 묻은 자리가 내게도 있는지
붉은 열매를 단 적 없다던 이 몸을,
새 한 마리 나는 곳을 허공이라 말하던 시간을
침묵으로 거둔다

팥배나무라는 존재와 붉은 열매라는 형식을 생각하며
사람의 형식이란 무언가를 묻는다
침묵과 침묵 사이에 그 형식을 둔다

팥배나무로부터 한목숨의 절실한 형식을 끌어올린다
누군가에게 처절한 형식이 남아 있을까
그의 집 창문으로부터 흘러나오는 낡아가는 불빛 같은 형식이,
누군가에게 상처를 준 것이라는 것을 오래 잊고 살았다

# 낯설고 기묘한 이곳

있었다 라고 말한다 강렬하게
지는 싸움은 안 하겠다고 다짐한다
빌빌 숨을 구멍을 찾는 일은 없다
화려한 꽃과 잎으로
몸을 가릴 일도 없다
아직 불타오르는 여름 아침
빛나는 잎으로 반짝거리자
옆모습과 뒷모습으로 보여줄 필요 없다
고개를 들고
비틀거리지 말자
몸으로 나오는 말이 아니면 말이 아니다
씨앗도 아니고
유령도 아니고
초라해지지도 말고
농담을 피해 가지 말자
부서진 몸, 터진 몸 껴안아보자

- 1981년 12월 변방시동인 결성
- 1982년 4월 10일 변방 1집 발간
- 1983년 6월 20일 변방 2집 발간
- 1985년 5월 11일 박종해 시집 『산정에서』 발간(이하 첫 시집만 기록)
- 1986년 8월 25일 변방 3집 발간
- 1987년 6월 1일 변방 4집 발간
- 1987년 9월 1일 강세화 시집 『손톱 혹은 속눈썹 하나』 발간
- 1989년 8월 1일 변방 5집 발간
- 1990년 6월 1일 변방 6집 발간
- 1991년 3월 15일 문영 시집 『그리운 화도』 발간
- 1991년 5월 25일 변방 7집 발간
- 1991년 6월 25일 최일성 시집 『새벽을 뚫고 나온 화살』 발간
- 1992년 10월 20일 변방 8집 발간
- 1992년 10월 26일 이충호 시집 『마라도를 지나며』 발간
- 1993년 12월 10일 변방 9집 발간
- 1994년 7월 30일 변방 10집 발간
- 1994년 11월 5일 홍수진 시집 『오늘 밤 내 노래는 잠들지 못한 다』 발간
- 1996년 9월 25일 변방 11집 『한때 내가 잡은 고래 』 발간
- 1996년 12월 5일 변방 12집 『대숲은 걸어보면 안다 』 발간
- 1997년 10월 14일 홍수진 시인 타계
- 1997년 11월 31일 변방 13집 『세기말을 건너는 노래 』 발간

- 1998년 10월 10일 박종해 시인 제1회 울산광역시문화상 수상
- 1998년 12월 10일 변방 14집 『잘가라, 나뭇잎』 발간
- 1999년 8월 김종경 시집 『동백섬은 사람을 그리워하지 않는다』 발간
- 1999년 11월 30일 변방 제 15집 『겨울 동백꽃』 발간
- 2000년 10월 김종경 시인 제3회 울산광역시문화상 수상
- 2000년 11월 30일 변방 16집 『꽃잎 편지』 발간
- 2001년 12월 변방 17집 『나는 아직도 만년필로 편지를 쓴다』 발간
- 2002년 12월 변방 18집 특집 『얼음 속 타는 불꽃』 발간
- 2003년 12월 변방 19집 『풀잎의 눈』 발간
- 2004년 12월 변방 20집 『실업은 힘이 세다』 발간
- 2005년 변방 21집 『귀뚜라미 편에 이메일을 띄운다』 발간
- 2005년 숲속시인학교 운영
- 2006년 12월 변방 22집 『목련을 읽다』 발간
- 2006년 숲속 시인학교 운영
- 2006년 4월 신춘희 시집 『풀잎의 노래』 발간
- 2007년 12월 변방 23집 『길에서 말붙이기』 발간
- 2007년 숲속 시인학교 운영
- 2008년 12월 변방 24집 『왜 고양이 울음에는 눈물이 없는가』 발간
- 2008년 숲속 시인학교 운영
- 2009년 12월 변방 25집 『구름의 등고선』 발간
- 2009년 숲속 시인학교 운영
- 2010년 12월 변방 26집 『머언 소식처럼 낙엽 하나가』 발간
- 2011년 11월 임윤 시집 『레닌 공원이 어둠을 껴입으며』 발간
- 2012년 12월 변방 27집 『말의 질주는 푸르다』 발간

- 2013년 12월 변방 28집 『얼룩으로 만든 집』 발간
- 2014년 12월 변방 29집 『목숨의 단층』 발간
- 2014년 박종해 시인 제29회 이상화 시인상 수상
- 2014년 5월 장상관 시집 『결』 발간
- 2015년 10월 박정옥 시집 『거대한 울음』 발간
- 2015년 12월 변방 30집 『나무의 몸』 발간
- 2016년 12월 변방 31집 『익숙한 햇볕』 발간
- 2017년 9월 변방 32집 『빈 그물로 오는 강』 발간
- 2018년 11월 변방 33집 『버려진 음률』 발간
- 2019년 10월 변방 34집 『얼룩무늬 손톱』 발간
- 2020년 11월 변방 35집 『박제된 초록』 발간
- 2020년 12월 강현숙 시집 『물소의 춤』 발간
- 2021년 11월 변방 36집 『매듭을 푼 소리』 발간
- 2022년 현재 정회원 10명
   (박종해, 강세화, 신춘희, 문 영, 임 윤, 장상관,
   황지형, 박정옥, 강현숙, 이강하)


- 역대 울산시문화상 수상
   박종해, 김종경, 신춘희, 최일성(작고)
- 역대 울산문인협회회장 역임
   박종해, 김종경, 신춘희, 이충호, 최일성(작고), 홍수진(작고)

박종해  1980년 『세계의문학』으로 작품 활동 시작. 시집으로 『이
　　　　강산 녹음방초』 외 10권이 있음. 울산문협회장, 울산예총
　　　　회장, 울산북구문화원장 역임. 이상화시인상, 대구시협
　　　　상, 울산문학상, 성균문학상, 예총예술대상 등 수상.

신춘희  1973년 『현대시학』으로 작품 활동 시작. 1980, 1982, 1983
　　　　년 『매일신문』 신춘문예 당선. 1985년 『월간문학』 신인상
　　　　당선. 시집으로 『풀잎의 노래』 『중년의 물소리』 『늙은 제
　　　　철소』 『식물의 사생활』 등이 있음.

강세화  1986년 『현대문학』으로 작품 활동 시작. 시집으로 『수상
　　　　한 낌새』 등이 있음.

문  영  1988년 『심상』으로 작품 활동 시작. 시집으로 『소금의
　　　　날』 『바다, 모른다고 한다』 외. 비평집으로 『변방의 수사
　　　　학』, 산문집 『발로 읽는 열하일기』 등이 있음. 창릉문학
　　　　상 수상.

임  윤  2007년 『시평』으로 작품 활동 시작. 시집으로 『레닌 공원
　　　　이 어둠을 껴입으면』 『서리꽃은 왜 유리창에 피는가』 등
　　　　이 있음.

장상관  2008년 『문학 · 선』으로 작품 활동 시작. 시집으로 『결』
　　　　있음.

황지형  2009년 『시에』로 작품 활동 시작. 시집으로 『사이시옷은
　　　　그게 아니었다』 있음.

이강하  경남 하동 출생. 2010년 『시와세계』로 작품 활동 시작. 시
　　　　집으로 『화몽(花夢)』 『붉은 첼로』 『파랑의 파란』 있음.

박정옥  2011년 『애지』로 작품 활동 시작. 시집으로 『거대한 울음』
　　　　『lettering』 있음.

강현숙  2013년 『시안』으로 작품 활동 시작. 시집으로 『물소의 춤』
　　　　있음.

# 액체사회

변방동인 엮음